SCHREIBWERKSTATT AM FALKENBERG

kein Wort zu viel

35 Kürzestgeschichten

Herausgegeben von
Ingrid Ansorge

SF
SCHREIBWERKSTATT AM FALKENBERG

Bibliografische Information
der Deutschen Nationalbibliothek
Die Deutsche Nationalbibliothek verzeichnet
diese Publikation in der Deutschen Nationalbibliografie;
detaillierte bibliografische Daten sind im Internet über
http://dnb.d-nb.de abrufbar.

Überarbeitete Neuausgabe

Lektorat: Ingrid Ansorge
Umschlaggestaltung und Layout: Ute Veith
Produktion: Heiner Lahn

Herstellung und Verlag:
BoD - Books on Demand, Norderstedt
ISBN 978-3-7460-3204-7

»Das Gute ist noch einmal so gut, wenn es kurz ist.«

Baltasar Gracián y Morales
spanischer Philosoph und Schriftsteller
** 1601 - † 1658*

Zum vorliegenden Buch

Wir alle kennen Kurzgeschichten – zuerst wurden sie in Nordamerika von Edgar Allan Poe und Washington Irving geschrieben, später dann vor allem von Ernest Hemingway, der nicht nur wegen seiner Romane, sondern auch wegen seiner »Short Stories« berühmt wurde. Nach dem 2. Weltkrieg wurden Kurzgeschichten auch im deutschsprachigen Raum bekannt - namhafte Autoren wie Wolfgang Borchert, Bertold Brecht, Siegfried Lenz und Friedrich Dürrenmatt griffen die Kurzgeschichte als neue Literaturform auf.

In diesem Taschenbuch stellen wir nun Kürzestgeschichten vor – dieses noch immer wenig bekannte literarische Genre geht ebenfalls auf den großen Hemingway zurück, der in den Zwanziger Jahren des vorigen Jahrhunderts an einem Schreibwettbewerb einer großen amerikanischen Zeitung teilnahm, in dem eine extrem kurze Geschichte – eine »ShortShort« – von nur sechs Wörtern gefordert wurde. Wie konnte es anders sein – Hemingway gewann den Wettbewerb, und zwar mit folgender »Six-word-Story«:

»FOR SALE: Baby shoes, never worn.«
Zu verkaufen: Babyschuhe, nie getragen.

Da war Hemingway etwas ganz Neues gelungen – er hatte mit nur sechs Wörtern (ins Deutsche übersetzt sind es sogar nur fünf!) einen kleinen Roman geschrieben: Ein Kind wird erwartet, Babyschuhe werden gekauft – da passiert etwas Schreckliches, die Babyschuhe werden nicht mehr gebraucht und irgendwann verkauft... Eine allererste Kürzestgeschichte – Hemingway selbst nannte diese »ShortShort« ein Stück seiner besten Prosa.

Später schrieben auch deutsche Autoren wie Bertold Brecht, Günter Kunert und Robert Walser Kürzestgeschichten – nicht nur Geschichten von sechs Wörtern, man hat diese neue Textform auf einen Umfang von sechs bis 600 Wörtern festgelegt. Kürzestgeschichten öffnen eine Tür, durch die wir für einen aufblitzenden Moment in eine andere Zeit oder ein anderes Leben blicken können – in aller Kürze. Kein Wort zu viel, keins zu wenig.

Loriot schrieb nicht nur Sketche und Kurzgeschichten, sondern auch »ShortShorts« (z. B. »Hasch« oder »Letzte Meldung«) und zwar so gekonnt und mit so leichter Feder, dass sie geradezu als Paradebeispiele gelten können. Sie sind genau in der Form geschrieben, die allen Kürzestgeschichten zugrunde liegt: ein »normaler«, fast alltäglicher Anfang – dann die Wendung, der sogenannte »Break« – und ein unerwarteter, überraschender Schluss.

Die Kürzestgeschichten im vorliegenden Taschenbuch sind in den Jahren 2009/2010 in der Schreibwerkstatt am Falkenberg in Norderstedt entstanden, in der sich Menschen unterschiedlicher Altersgruppen und Berufe zusammengefunden haben. Eine sehr facettenreiche Gruppe, kein bisschen homogen – und eben deshalb dynamisch. Angefangen haben wir mit Kurzgeschichten, die wir im Februar 2008 in einer Lesung in Norderstedt öffentlich vorgestellt haben. Jetzt sind es Kürzestgeschichten – auch die haben wir bereits in einer Lesung im März 2010 der Öffentlichkeit vorgestellt und legen sie jetzt im Taschenbuch vor.

Wir haben sehr an den Geschichten gefeilt, denn zunächst waren fast alle zu lang geraten – es ist nicht leicht, in maximal 600 Wörtern gut strukturierte, aussagekräftige Geschichten zu erzählen. Aber alle Autoren merkten während des Lektorats, dass die Inhalte – ob spannender, skurriler oder nachdenklicher Art – durch eben die Kürze an Dichte und Intensität gewannen und dass die Konturen schärfer wurden.

28 »Miniaturen« – jede eine kleine Welt für sich. Manche sind einfach amüsant oder skurril, andere historisch interessant, einige entführen uns aus der Realität in liebenswerte Doppelbödigkeit, wieder andere sind beunruhigend und machen uns nachdenklich.

Wer diese Geschichten gelesen hat, weiß hinterher 28 mal soviel wie zuvor – über sich selbst und über das, was die Welt ausmacht.

Ingrid Ansorge
Leiterin der Schreibwerkstatt am Falkenberg
September 2010

Zur Neuauflage

Nach fast sieben Jahren legen wir unseren schmalen Band mit Kürzestgeschichten unter dem Titel »Kein Wort zu viel, keins zu wenig« in einer Neuauflage vor – noch immer besteht Nachfrage, noch immer werden unsere Geschichten gelesen!

Einige Geschichten aus der ersten Auflage fehlen, neue sind dazugekommen – nachdenkliche, aber auch solche, die die heutige Lebenswirklichkeit deutlich werden lassen.

Nicht nur die Geschichten sind kürzer und noch knapper geworden – auch der Buchtitel wurde verkürzt: »Kein Wort zu viel!«

Und noch immer gilt: Wer diese Geschichten gelesen hat in ihrer Kürze und Verknappung, der weiß mehr – über sich und das, was die Welt und unser Leben ausmacht.

Ingrid Ansorge
Oktober 2017

Harry Logan

Bitte schreiben Sie!

»Meine Damen und Herren, ich will keine Erzählung, keine Kurzgeschichte, ich will eine Kürzestgeschichte mit Biss. Normaler Einstieg, dann der Break, und dann ein fulminanter, überraschender, perplex machender Schluss. So wie wir es in einigen Beispielen großer Autoren gehört haben«, sagt die Dozentin für Kreatives Schreiben in ihrem Seminar.
»Bitte schreiben Sie jetzt.« Sie setzt sich und blättert in ihren Notizen.

Die Studenten beginnen mit ihren Gedankenspielen. Geistesblitze setzen Hände in Bewegung. Buchstaben, Wörter, Sätze fließen in die Kolleghefte. Eine knisternde Spannung entsteht, als würden die Hirnströme der Schreiber hörbar.

Als die Dozentin die Übung nach einer Weile beendet, richten sich die Köpfe wie synchronisiert auf sie. Die Energie vereinigt sich und entlädt sich in einem gewaltigen Blitz, der die Dozentin sprachlos macht.

Entspannt verlassen die Studenten das Seminar.

Annette Villwock

Der beste Freund

Du bist bestimmt sehr froh, dass ich dein bester Freund bin, sagt der Mann zu dem Jungen und legt ihm sanft die Hand auf die zarten Härchen im Nacken. Die anderen Jungen beneiden dich sicherlich glühend um unseren gemeinsamen Campingausflug.

Der Junge nickt. Gespannt blinzelt er in die Abendsonne. Die wachsenden Schatten des Röhrichts tanzen im warmen Seewind. Hinter ihm flappt leise ein Zipfel des offenen Zeltes. Wie lange noch bis zum Sonnenuntergang?

Wir beide haben doch wieder einen herrlichen Tag zusammen verbracht, stellt der Mann fest. Ich habe dir ja auch jeden Wunsch von den Augen abgelesen, oder nicht? Sein Daumen streicht sachte den Hals des Jungen entlang und ruht auf dessen Schlüsselbein.

Der Junge nickt wieder. Seine brennenden Augen versuchen, den sinkenden Sonnenball über der Seeoberfläche festzuhalten, vergeblich natürlich, ein tiefer Seufzer, er hat verloren. Der Mann lächelt. Er erhebt sich bedächtig.

Jetzt möchtest vielleicht du einmal mir einen kleinen Gefallen tun, sagt der Mann und zieht den Jungen an einer Hand zu sich empor. Der schwarze Schlund des Zeltes stülpt sich über den Jungen, verschlingt ihn mit Haut und Haar.

Wo ich doch dein bester Freund bin.

Ute Veith

Energie und Leidenschaft

Er hat Glück! Es ist ihm gelungen, bis nach vorn an die Absperrung zu kommen. Immer mehr Menschen versammeln sich auf dem Platz und stehen dicht gedrängt, um ihren Star live und hautnah zu erleben. Gleich wird sich sein lang ersehnter Wunsch erfüllen.

Da – ein Raunen geht durch die Menge, als sich die große Eingangstür bewegt und langsam öffnet. Zum Greifen nah, ganz in Weiß steht sein Idol vor ihm, lächelt, hebt grüßend die Hand, schreitet bedächtig die Freitreppe herunter. Das seidenleichte Etwas auf dem Kopf bildet einen reizvollen Kontrast zum schweren, mit einer langen Knopfleiste versehenen Mantel.

Plötzlich – eine Böe fährt unter das prachtvolle bodenlange Gewand, und zum Vorschein kommen zwei purpurrote Schuhe. Purpurrote feine Schuhe an kräftigen Männerbeinen. Eine außergewöhnliche Kombination, in der Energie und Leidenschaft zu verschmelzen scheinen.

Eine große Persönlichkeit, der Papst.

Ulla Uckert

Der Sog des Geldes

Die Schlagzeilen, die ihn aus der Morgenzeitung anspringen, versetzten ihn in ungläubiges Staunen. Aus der Bank, in deren Eingang er nachts seinen Schlafsack ausrollt und die Tage auf der Parkbank gegenüber verbringt, sollen Milliardensummen einfach verschwunden sein. Es wäre ihm doch aufgefallen, wenn man sackweise Geld herausgetragen hätte.

Diese Bank will er sich genauer ansehen. Entschlossen nähert er sich der Eingangstür, die jedoch fest verschlossen ist. Als er die dicke Glastür noch einmal berührt, scheint sie zu schmelzen, und er schiebt sich durch die weiche Masse hinein in die Eingangshalle mit den zahlreichen verspiegelten Säulen. Ein Blick in einen der Spiegel versetzt ihn in Panik. Seine abgetragene Kleidung ist verschwunden, und er erkennt eine gepflegte Erscheinung in feinem Zwirn, unter dem Arm einen kleinen Lederkoffer. Er öffnet ihn und stellt fest, dass er randvoll ist mit Geldscheinen. Als er sich von seinem Spiegelbild abwendet, sieht er Männer in ebensolchen tadellosen Anzügen aus allen Winkeln der großen Halle strömen. Alle tragen den gleichen Aktenkoffer und eilen zielstrebig zum Ausgang. Er möchte wissen, wohin sie gehen und reiht sich ein in den Managerstrom.

Draußen auf der Straße stellt er fest, dass alle spurlos verschwunden sind samt den wohlgefüllten Lederköfferchen. Er aber ist wieder der Alte in abgewetzter Kleidung, ohne Geldkoffer und mit der traurigen Aussicht auf eine weitere Nacht im Eingang einer verarmten Bank.

Annette Villwock

Schweinereien

Laura und Mehmet sind auf dem Weg zu Freunden nach Ratzeburg. Sonnenlichtsprenkel fallen durch das junge Buchengrün und tanzen auf der Landstraße vor ihnen. Laura öffnet das Seitenfenster. Sie atmet tief ein und schließt es sofort wieder.

»Mann, die reine Gülle!«, beschwert sie sich. Sie stockt. »Sag mal, Mehmet, darfst Du Gemüse und Getreide und so überhaupt essen, wenn es mit Schweinegülle gedüngt worden ist?« Mehmet runzelt die Stirn. »Keine Ahnung«, gibt er zu. Dann grinst er. »Aber das trifft dann auch auf Dich zu und alle anderen Veganer, oder?«

Heiner Lahn

Warten

Er wartete. Wartete auf den Anruf seiner Liebsten. Tagelang, wochenlang. Als sie sich endlich meldet, mag er sich nicht mehr an sie erinnern.

Evelyn Krauss

Altes Wissen

Die Frauen kannten das bestgehütete Geheimnis der Droge.

Von Mutter zu Tochter wurde der kostbare Schatz weitergereicht, wie eine Perlenkette von weltumspannender Länge.

Ein Wissen, das in schweren Stunden das Überleben ermöglichte.

Bald würde so ein düsterer Augenblick Wirklichkeit werden.

Die Frauen wussten, was sie zu tun hatten.

Ein Schwamm, vollgesogen mit der Droge, wurde an einem langen Ysopstab befestigt.

Mit letzter Kraft saugte der Gekreuzigte die rettende Flüssigkeit.

Bald glitt er hinüber über den Strom.

Aber mit einer Chance auf Wiederkehr.

Die Frauen bangten viele Stunden, bis sie die erlösende Gewissheit hatten – Er lebt!

Heiner Lahn

Atelierbesuch

Etwas unsicher betritt der alte Mann das Atelier, das kürzlich an seiner Straße eingerichtet worden war. Genüsslich saugt er den Geruch von Leinöl auf, mischt in Gedanken Ultramarin mit ein wenig Krapplack und Titanweiß, Coelinblau mit Kadmiumgelb.

»Woran malen Sie?« , fragt der Mann, nachdem die Künstlerin, ohne hinzusehen, ein freundliches »Nur herein!« gerufen hat. »An einer nordischen Landschaft.«, ist ihre Antwort. »Ich habe den Norden auch immer geliebt.«, sagt er leise. »Würden Sie mir ein Bild heraussuchen, das zu mir passt?«

Die Malerin kommt hinter ihrer Staffelei hervor und betrachtet ihn aufmerksam: Seine Statur, die wettergegerbte Haut, die sehr dunkle Brille – sie hat eine Vorstellung und beginnt in einem Stapel an der Wand gelehnter Bilder zu suchen. Flapp, hört er, jedes Mal ein dumpfes Flapp, wenn sie eines der Bilder nach vorne schnippt. Ihren Fund präsentiert sie ihm.

»Darf ich?«, fragt er und fährt vorsichtig mit den Fingern über das Bild, fühlt Wolken, fühlt die Horizontlinie, eine ferne Steilküste, Wellen und Strand. Sogar die Steine, die einen Naturstrand andeuten, erschließen sich seinen Fingerkuppen.

»Das Bild gefällt mir,« sagt er, »früher habe ich auch gemalt, aber ...« Der Mann bricht den Satz ab, macht eine Pause.

»Ich danke Ihnen, ich danke Ihnen sehr!«, sagt er, nimmt seinen langen weißen Stock und tastet sich dem Ausgang zu.

Ulla Uckert

Eine eindrucksvolle Begegnung

Nach wunderbaren Tagen im Amboseli-National-Park machen sie sich auf zur letzten Etappe ihres Afrika-Abenteuers. Auf der Fahrt zum Tsavo-Nationalpark West ahnen sie nicht, welche eindrucksvolle Begegnung auf sie wartet.

Sie halten an, weil der Hunger nagt, und während sie noch die von der Lodge zusammengestellten Leckereien begutachten, nähert sich ihrem Rastplatz eine hohe majestätische Gestalt. Stolz und aufrecht schreitet ein Massai auf sie zu, bekleidet mit der traditionellen rostroten Suka, die kunstvoll um seinen braunen Körper drapiert ist. In einer Hand trägt er einen langen Speer. Als er näher kommt, erkennen sie, dass seine Haare in kleinste Zöpfe geflochten sind, eingerieben mit der roten Erde Afrikas. Bunte Perlenschnüre bündeln die Zöpfe zu einem dicken Pferdeschwanz. Bunte Perlenketten hängen um seinen Hals, und Ohrgehänge aus den gleichen bunten Perlen schmücken die Ohrläppchen.

Vor ihnen steht ein Massai-Krieger in vollem Ornat, der sie aus seiner stolzen Höhe kurz ansieht und sich dann zu allererst für ihr kleines, weißes Auto interessiert.

Die beiden Reisenden steigen aus, und er nimmt auf dem Fahrersitz Platz, wobei er sein rotes Tuch gekonnt rafft und sein ansehnliches nacktes Hinterteil präsentiert. Dann nimmt er alles genauestens in Augenschein, die Lenkung mit dem Zündschlüssel, das gesamte Armaturenbrett, die Lichtanlage und sogar die Handbremse. Nach der eingehenden Begutachtung steigt er aus und bittet um eine Zigarette. Die Bitte wird ihm erfüllt, und er verabschiedet sich zum Dank mit einem feucht-heißen Händedruck.

Dann setzt der stolze Massai seine Wanderung durch sein Land fort und lässt die beiden Reisenden einigermaßen verblüfft – und mit feuchten Händen zurück.

Ute Veith

Bis zur nächsten Boje

Ein Tag wie ich ihn am liebsten aus meinem Kalender streichen möchte. Alles hatte ich bis ins Kleinste geplant für diesen besonderen Tag, und dann lief alles aus dem Ruder. – Ach ja, Ruder, Seefahrt, Farewell, Liebster . . . Bis zur nächsten Boje, damit hatte er mich immer getröstet. Bis zur nächsten Boje – und dann sehen wir weiter.

Annette Villwock

Fake News

Wusstest du das? Der Mann hat 277 Gesetze am Parlament vorbei verabschiedet, ganze 277 Dekrete gehen auf sein Konto!

Ja, schon, davon hört man doch die ganze Zeit, wobei die genaue Zahl…

Und um die 500 Drohneneinsätze hat er angeordnet, mehr als Bush, staatlich angeordnete Hinrichtungen ohne irgendein Gerichtsverfahren!

Hm, irrst du dich da nicht? Das waren doch Raketen, gegen Assad, in Syrien.

So einer muss doch den Friedensnobelpreis zurückgeben, der von sich selber sagt, »I'm really good at killing people«!

Ha, jetzt bist du aber wirklich auf Fake News reingefallen! Einen Friedensnobelpreis hat Donald Trump ja nun wirklich noch nicht gekriegt.

Trump? Wer spricht von Trump? Ich rede von Barack Obama!

Ulla Uckert

Kurz entschlossen

Er zwängt sich hinter das Steuer seines SUV, ein kleiner Fisch auf dem Weg in die Welt der Mächtigen. Seine wohlbeleibte Gestalt lässt ihn sogar in diesem komfortablen Fahrzeug an eine Sardinenbüchse denken. Und alles nur, weil er den verführerischen Speisen seiner Angetrauten nicht widerstehen kann. Aber mehr ist auch nicht geblieben von vergangenen Blütenträumen.

Wie ein Alb sitzt sie ihm im Nacken, treibt ihn an, mit Zuckerbrot und Peitsche, auf dem Weg zur ersten Million. In ihrer Gier nach Reichtum kennt sie kein Erbarmen.

Der Gedanke an diese Hörigkeit lässt ihn nur noch an Flucht denken. Er will weg von fettem Schweinebraten und der Jagd nach dem schnöden Mammon.

Bei der nächsten Abfahrt verlässt er die Autobahn in Richtung einer einsamen Landstraße, gesäumt von dichten Wäldern und grünen Wiesen. Und plötzlich umgibt ihn Ruhe. Er fühlt eine nie gekannte Zufriedenheit. Erst das Brummen seines

Handys holt ihn jäh zurück in die Realität. Nach einem kurzen Blick auf das Display dreht er kurzentschlossen um, gibt Vollgas und fährt in eine bessere Zukunft.

Ute Veith

Havanna, Mojito, Zigarren

Nach sieben oder acht Mojitos in einer Bar an der Obispo war unser Mann aus Havanna nicht mehr er selbst – er war Hemingway.

»Wem die Stunde schlägt«, dachte er und trank Mojito neun, zehn und elf mit Mirta, einer kaffeebraunen Kubanerin. Er bewegte seinen Körper im Salsarhythmus, sie schwang geschmeidig mit. Da gab er das Zählen der Mojitos auf und fühlte sich wie in einem anderen Land. »Das wird ein gefährlicher Sommer«, träumte er, als er Mirta in Tabakblätter wickelte und anzündete.

Ihre Glut ließ beide brennen. Sie brannte nur für ihn.

Evelyn Krauss

Historischer Irrtum

1945 Endlich war der Krieg vorbei, das Chaos perfekt, konnte es schlimmer kommen? Freudentaumel – dann wieder Absturz ohne Netz. Die Deutschen hungerten.

Fünf Männer, zwei Amerikaner und drei Deutsche, einer von ihnen der Dolmetscher, zogen an ihren Zigaretten. Das offizielle Treffen war entscheidend für die zukünftige Versorgung der deutschen Nachkriegsbevölkerung.

»Was benötigen die Deutschen jetzt nach dem Krieg am dringendsten?«, übersetzte der deutsche Dolmetscher die Frage der Amerikaner.

»KORN brauchen wir, so schnell wie möglich, die Hungersnot ist groß!«, lautete die einstimmige Antwort der beauftragten und verantwortlichen Deutschen.

»We need corn!«, übersetzte der Dolmetscher die Antwort für die Amerikaner.

Irrtum – ein Übersetzungsfehler mit historischen Folgen. Die Dinge nahmen ihren Lauf.

Mais wurde von den Amerikanern geliefert,

tonnenweise, monatelang – wie bestellt.

Und die Deutschen aßen Maisbrot, Maisnudeln, Maisgrütze – und wunderten sich über das »Schweinefutter«, das die Amerikaner ihnen schickten.

Und die Amerikaner wunderten sich über die Deutschen und ihre Vorliebe für Mais.

Ulla Uckert

Wer schön sein will

Spiegel sind keine Freunde, geht es ihr bei einem Blick in den großen Schlafzimmerspiegel durch den Kopf. Sie zeigen unbarmherzig, was so alles in dunklen Wintermonaten auf den Rippen und Hüften angedockt hat.

Aus Angst, der diesjährigen figurbetonten Frühjahrsmode entsagen zu müssen, begibt sie sich daher in die teuren Hände eines Mannes, der mit dem Skalpell zu modellieren versteht und dabei Überflüssiges der Entsorgung preisgibt.

So neu erfunden, verlässt sie nach einigen Wochen den Tempel der Schönheit. Dabei zwinkert sie dem Spiegel im Fahrstuhl triumphierend zu. Aber beim zweiten Blick offenbart die verspiegelte Zelle, dass das neue, hauteng geschnittene Outfit wie ein nasser Sack an ihrem Körper hängt, und während sie eilig dem Ausgang zustrebt, stolpert sie bereits über ihren Rocksaum und rutscht aus dem teuren Ensemble. Sie wird immer kleiner und zarter, bis ein edler Stoffberg sie unter sich begräbt. Mit letzter Kraft hebt sie den kleinen, mit blonden Locken herausgeputzten Kopf und streckt die starren, winzigen Ärmchen dem Licht entgegen. Als sie mit dünnem Stimmchen versucht, um Hilfe zu rufen, grabschen Kinderhände nach ihr und stopfen sie in eine Tasche.

Den Rest ihres Lebens verbringt sie in einem Holzregal, ästhetisch schön und immer modisch gekleidet.

Harry Logan

Nicht schreien

Unter seinem Hemd trug er immer noch das Messer. Er hätte es längst wegwerfen sollen. DNA-Spuren könnten ihn verraten, auch wenn es kaum geblutet und er das Messer abgewischt hatte. Er hatte es nicht gewollt, aber warum hatte sie nur geschrien. Sie hätte nicht schreien sollen. Sie hätte still bleiben sollen.

Bloß nicht auffallen, dachte er, und bog in eine Wohnstraße ab. Helle zweistöckige Häuser auf getrimmten Rasenflächen, Garagen mit Basketballkörben, betonierte Fußwege, ein Junge, der mit dem Fahrrad auf der Straße kurvt.

»David!« Die Stimme seiner Mutter. Was machte sie hier?

»David, komm runter, wir essen!« Er schreckte hoch, kam zurück aus einer ganz anderen, verlokkenden Welt, tauchte auf aus Virtual Life, in dem er ein Avatar gewesen war. Selbstbewusst und verwegen und von den anderen Avataren respektiert, vielleicht sogar beneidet.

David strich sich über die Stirn, seufzte, schloss

widerwillig das Programm und spritzte nach unten.

»Du spielst doch keine Ballerspiele?«, fragte seine Mutter besorgt. Sein NEIN klang unschuldig, fast empört. Von der Küchenspüle, in der er sich die Hände wusch, sah er hinaus auf die Straße mit den hellen Holzhäusern und den Doppelgaragen. Auf dem kurz geschorenen Rasen vor der Tür lag noch sein Fahrrad.

»Warum trägst du dein Pfadfindermesser hier im Haus?« David blieb stumm, zuckte nur mit den Schultern und setzte sich an den Tisch.

Ulla Uckert

Gefährliches Schmierentheater

Angespannt und aufmerksam verfolgt er die Fernsehnachrichten. In den letzten Wochen hat er besorgt die Schlammschlacht eines unwürdigen Wahlkampfes in dem Land verfolgt, das sich bis vor kurzem als Vorzeigedemokratie verstand, auch wenn es bei genauerem Hinsehen Risse in diesem System gibt. Jetzt haben die registrierten Wähler gewählt, also keineswegs alle Bürger.

Das Ergebnis liegt vor und ist zufriedenstellend in den Augen des Gewinners. Der neugewählte Präsident genießt den Jubel der Massen. Dass der politische Gegner zwei Millionen Stimmen mehr auf sich vereinigen konnte und trotzdem der Verlierer ist und dass keineswegs die Mehrheit des Volkes jubelt, sondern nur die von Fortschritt und Wohlstand Abgehängten, erschüttert sein Ego nicht im geringsten.

Diese Rede an sein Volk lässt Schlimmes für den Frieden in der Welt befürchten, denkt er und schaltet ab.

Annette Villwock

Fressen

Fressen, fressen, fressen, von Anfang an dieselbe Leier, der Vater, iss auf, damit du groß und stark wirst, die Mutter, schmeckt es dir denn nicht, die Großeltern, die anderen werden dir über den Kopf wachsen, die Brüder, du bist ja nicht ganz normal, die Onkels, du fällst ja sonst von den Knochen, die Tanten, fressen oder gefressen werden, ich glaube, mir wird übel, rülpste der Hai, meine drei Cousins liegen mir zu schwer im Magen.

Evelyn Krauss

Ein Sommerfest

In einem verwunschenen Garten: In kleineren Grüppchen wird erzählt, gelacht, es werden Neuigkeiten ausgetauscht.

Lena ist geboren. So eine Freude, für die glücklichen Eltern, für die Geschwister und für alle, die es erfahren.

In dieses Paradies fährt ein scharfes Messer: »Noch ein Mädchen… ! Drei Mädchen… ! Der Ärmste!«

Dann der zweite Stich: »Lena heißen so viele, richtiger Modename… « Die Worte verwehen im Wind, in diesem verwunschenen Garten.

Aber das kleine Paradies lässt sich einfach nicht beeindrucken.

Heiner Lahn

Hindukusch

Er konnte mit Waffen umgehen. Hatte es gelernt beim Militär, am Hindukusch.

Er konnte mit Waffen umgehen und brauchte nur eine Kugel.

Die Bilder, die ihn quälten – er schoss sie sich aus dem Kopf.

Mit tödlicher Präzision.

Ute Veith

Nachtdienst

Station A. Alle Betten belegt. Auf dem Flur seit sieben Stunden zwei Patienten aus der Notaufnahme. Für den Assistenzarzt keine ungewöhnliche Bettensituation.

Station B. Schwester Christine meldet drei Notfälle gleichzeitig. Der Patient von Zimmer 103 hat starke Luftnot und muss dringend auf die Intensivstation verlegt werden. Frau S. mit bekannter COPD: auch Luftnot. Drei Zimmer weiter Frau M. erneut heftiges Magenbluten.

Vor der Übergabe an die Frühschicht noch ein Blick zur verwirrten Oma. Sie steht vor dem Bett ihrer Zimmernachbarin, einer schlanken Dame mit kurzem grauem Haar. »Herbert, wie siehst du denn aus? Du bist doch mein Mann?« Der Assistenzarzt schmunzelt. Die Omis sind ihm die Liebsten.

Drei Stunden später erfolgt die Verlegung der dementen Dame, gurtfixiert, in die Gerontopsychatrie.

Evelyn Krauss

Zu spät

Seine Frau ist gestorben. Er steht am Grab – ein Gedankenfilm läuft ab.

Mit seiner Seele liebte er sie.

Mit seinen Augen hatte er es ihr gesagt, manchmal.

Er hatte ihr in den Mantel geholfen, in die Jacke, hatte ihr die Wagentür geöffnet.

Geburtstag, Hochzeitstag, die Daten standen im Kalender.

Rote Rosen, Überraschungen, korrekt und pünktlich.

Filmende.

Da steht er. Am Grab.

Ja, fast hätte er es ihr gesagt. Dass er sie liebte.

Ute Veith

Ruf an!

Sie steigt ins Auto und verabschiedet sich von ihren alten Eltern. Der wöchentliche Pflichtbesuch ist für die Tochter jedes Mal ein Angehen. Der Vater, seit langem dement, hat jeden Realitätsbezug verloren. Es nervt sie, immer wieder zu hören, was er noch alles unternehmen will.

»Warum machen wir das nicht?«, fragt er vorwurfsvoll die Mutter – jedes Mal. »Ach, Klaus,« oder »Ja, ja!«, antwortet sie je nach Verfassung und Stimmung.

Sie deckt mit viel Geklapper den Kaffeetisch. Sie freut sich auf ein Gespräch mit der Tochter, auf eine Abwechslung in ihrem sonst so monotonen Alltag.

Der Besuch endet mit dem immer wiederkehrenden Abschiedsritual.

Die Mutter geht ans Fenster, schiebt die Gardine zur Seite, winkt der Tochter zu. Der Vater nimmt seinen Stock und geht mit ihr den kurzen Weg zum Auto.

»Ruf an, wenn du zu Hause bist! Du brauchst

es nur klingeln zu lassen!«, sagt er – jedes Mal.

Die Tochter dreht sich um, winkt ihm aus dem abfahrenden Auto nach.

Immer dasselbe – jedes Mal. Wie gespenstisch, diese Wiederholungen, denkt sie auf der Rückfahrt.

Abends ruft sie nicht mehr an. Dann ist es zu spät. Es bleiben schuldbewußte Erinnerungen an ihren Vater und seinen letzten Wunsch.

Heiner Lahn

In der Hitze des Tages

Die Hitze lähmt die Stadt. Schon seit Wochen. Ungewöhnlich für den Norden. Er hat seine Wochenendeinkäufe erledigt. Schwitzend flüchtet er in eine Sports-Bar. Hier ist es kühl und dunkel. Auf dem Großbildschirm mühen sich Radrennfahrer über irgendwelche Berge - Tour de France.

Er muss an Ulrike denken. Sie war häufig mit ihrem Rennrad unterwegs. Dreißig oder mehr Kilometer täglich hielten sie schlank und fit. Aber Ulrike ist Geschichte. Vor einigen Wochen hatte sie ihn verlassen. Ohne Begründung. Ohne eine neue Beziehung. Einfach so.

Sein Handy klingelt. Das Bild von Ulrike erscheint auf dem Display. Er lässt es klingeln, will nicht den Eindruck erwecken, als warte er auf ihren Anruf. Dann sagt er so normal wie möglich: »Was gibt es denn?«

Aber es ist nicht Ulrike am anderen Ende der Leitung. Es meldet sich ein Polizeihauptwachmeister.

»Wir mussten eine Frau ins Universitätskrankenhaus einliefern. Diese Nummer ist als Notfallnummer angegeben. Wir haben keinen Hinweis auf die Identität der Frau.«

»Was ist passiert?«

»Sind Sie verwandt?«, fragt der Polizist zurück.

»Ich bin ihr Mann,« lügt er, um umständlichen Erklärungen aus dem Weg zu gehen,

Seine Frau sei ohne Bewusstsein unter ihrem Rennrad im Straßengraben gefunden worden, erfährt er. Die Hitze, ein Sturz, der Helm vom Kopf gerissen. Sie liege im Koma.

Er macht sich in der glühenden Hitze auf den Weg ins Krankenhaus. Schnell fährt er, schneller als erlaubt.

Annette Villwock

Hoffnung

Die Hoffnung stirbt zuletzt? Gestatten Sie, das halte ich für Unfug. Ich muss es wissen, ich sterbe. Nicht sofort und vielleicht auch nicht heute, aber sicher in den nächsten Tagen. Und ich bin gänzlich hoffnungslos. Zum Glück.

Hoffnung bedeutet Zukunft und Ziele. Hoffnung krallt sich in die Menschen und lässt sie für Wünschenswertes kämpfen oder geduldig darauf warten. Wer hofft, verpasst die Gegenwart für etwas ungewisses Besseres.

Ich lebe im Jetzt. Ich atme und schmecke und lache und wackele mit den Zehen. Ich weine, wenn die Schmerzen durchkommen. Ich verpasse nichts. Ich warte nicht. Ich hoffe nicht. Die Hoffnung ist bereits gestorben. Und demnächst folge ich ihr.

Ulla Uckert

Familienfeier

Der 70. Geburtstag, die Tafel ist mit allem, was der neu erworbene Wohlstand hergibt, gedeckt – darüber strahlt ein gewaltiger Kronleuchter. Alle sind gekommen, um der Hausherrin die gebührende Ehre zu erweisen. Verwandte aus den früheren, bescheideneren Zeiten, die die Pracht bestaunen und ein paar neue, standesgemäße Freunde. Ebenso die Söhne mit ihren unzufrieden aussehenden Frauen. Aber auch sie sind heute sichtlich um Harmonie bemüht. Nur einer fehlt, der älteste Sohn, der schon vor Jahren jeden Kontakt zu seiner Familie abgebrochen hat.

Als die Suppenteller abgeräumt sind, erhebt sich der Hausherr, um die Geburtstagsrede zu halten, eine Lobrede auf die vorbildliche Frau an seiner Seite, die liebevolle Mutter seiner Söhne.

Das selbstzufriedene Lächeln, das den Mund der Jubilarin umspielt, weicht blankem Entsetzen. Wie aus heiterem Himmel betritt der älteste, lange vermisste Sohn die Szene, platzt mitten hinein in die ausgefeilte Rede seines Vaters. Er schiebt seine behinderte, im Rollstuhl sitzende Schwester unter den Augen der überraschten Gäste an den Tisch, in die Lücke zwischen den Plätzen der Eltern. Ermutigend streicht er ihr über das Haar, dann verlässt er wortlos den Raum und die feine Gesellschaft.

Ute Veith

Notaufnahme 2017

Montag Abend:

Kabine 1	Zwei Kurden; einer davon spricht Deutsch.
Kabine 2	Yusuf aus dem Irak schreit, weint, scheint irgendwo Schmerzen zu haben; spricht nur Arabisch.
Kabine 3	Ein Patient aus Syrien; spricht nur Arabisch.
Kabine 4	Ein Afghane; spricht kein Deutsch.

Der Rettungsdienst bringt einen Deutschen, stark alkoholisiert – ebenfalls unverständlich.

Ulla Uckert

Angebot und Nachfrage

Das geht ja gar nicht, denken die beiden Schüler, als sie im einzigen Supermarkt der Inselhauptstadt Victoria vor dem Regal mit den Milchprodukten stehen. Es gibt nur eine einzige Sorte Joghurt, Vollmilchjoghurt, ohne Früchte, ohne Müsli, ohne Schokosplitter. Also gibt es eben kein Joghurt, entscheiden die beiden und verlassen den Supermarkt mit leeren Händen. Das würde jetzt drei Monate so sein, stellen sie frustriert fest, denn die Familie hat eine dreimonatige Auszeit genommen auf einer der schönsten Inseln vor Afrikas Ostküste. Aber es dauert nicht lange, dann arrangieren sich die beiden Jungen mit dem wenigen, was sie auf der Insel, besonders auf den bunten Märkten, vorfinden und mixen sich eben selbst ihr Früchtejoghurt.

Nach drei Monaten zurück im heimischen Supermarkt, fühlen sie sich noch hilfloser als in Victoria, denn hier sind die endlosen Regale vollgestopft mit unzähligen Joghurtsorten. Total überfordert und verwirrt von diesem Überangebot können sie sich erst einmal nicht entscheiden. Dann greifen sie, wie gewohnt, zu einfachem Vollmilchjoghurt, nehmen dazu noch etwas frisches Obst und mixen sich, wie gehabt, ihr ganz spezielles Joghurt.

Ute Veith

Eine erstaunliche Reaktion

»Nun noch die Griechin mit ihrem schlechten Deutsch,« denkt der behandelnde Arzt auf der Inneren. Er ist verärgert, dass seine Kollegen die Patientin nach drei Tagen umfangreicher Diagnostik nicht über ihren hoffnungslosen Zustand informiert haben. Genervt betritt er das Krankenzimmer und verkündet: »Lange Rede, kurzer Sinn: Es ist Krebs!«

Die Griechin schluckt, greift nach der Marienikone auf ihrem Nachttisch und drückt sie an ihre Brust: »Ich glauben an Gott.«

Der Arzt hält einen Moment inne. Er staunt über ihre Reaktion. Sie stellt keine weiteren Fragen.

Ulla Uckert

Wahlkampf

Den Mantelkragen hochgeschlagen, bahnt er sich seinen Weg durch einen dichten Plakatwald zur Suppenküche. Hier gibt es wenigstens einmal am Tag eine warme Mahlzeit. Hartz IV reicht schon lange nicht mehr für den ganzen Monat. Die Wahlplakate mit ihren markigen Sprüchen wie »Weg mit Hartz IV«, oder »Gleicher Lohn für gleiche Arbeit« rücken an diesem Morgen enger an ihn heran. Er fühlt sich bedrängt. Jeder buhlt um seine Stimme.

An der Essenausgabe reiht er sich ein in die Schlange der armen Schlucker. Dann hält er den Teller mit der dampfenden Suppe in den Händen. Auf der Suche nach einem freien Platz traut er seinen Augen nicht. Sitzt da nicht einer dieser Hochglanzpolitiker inmitten all dieser traurigen, armseligen Gestalten und mimt den Kumpel nach dem Motto 'Ich bin einer von Euch'?

Angewidert macht er kehrt, lässt seinen Teller unberührt stehen. Er wird seine Stimme niemandem geben.

Heiner Lahn

Mann irrt sich

Sie wirkte hilflos. So wie ein Kind, das seine Eltern aus den Augen verloren hat. Aber sie war längst kein Kind mehr, vielleicht Studentin der nahen Universität, und sie war hinreißend anzusehen. Ob ich ihr helfen könne, fragte ich sie. Sie verneinte und schaute auf ihre Uhr. Unschlüssig stand sie da und umklammerte ein pinkfarbenes Päckchen.

»Lust auf einen Kaffee?« Ich wies auf einen freien Tisch des Straßencafés gegenüber. Zu meiner Überraschung sagte sie Ja. Aber sie sagte es wie selbstverständlich, ohne Emotion. So wie man Ja sagt zu Zucker im Kaffee oder Parmesan zur Spaghetti-Bolognese. Wir setzten uns. »Ich nehme einen Cappuccino. Du auch?« Wieder sagte sie Ja. Ich war verblüfft. Eine Frau ohne Sonderwünsche, wann trifft man das als Mann. Würde sie auch Ja sagen, wenn ich sie später bäte, mich in meine Wohnung zu begleiten?

Ich versuchte, eine Unterhaltung in Gang zu bringen. »Ein Geschenk?«, fragte ich und deutete auf das Päckchen, das sie auf den Bistrotisch gelegt hatte.

»Ja, ein Buch für meine Freundin. Sie hat heute Geburtstag.«, waren die ersten beiden zusammenhängenden Sätze von ihr. Das Gespräch verlief zäh. Immer wieder schaute sie auf die Uhr und die Straße entlang.

Plötzlich sprang sie auf, sagte »Danke für den Kaffee.«, griff sich das Buch und stürzte auf die andere Straßenseite. Dort fiel sie einer Frau um den Hals. Sie küssten sich auf den Mund. Sehr lange. Sie überreichte das Geschenk, sie redete ununterbrochen, und eng umschlungen entfernten sie sich. Sie drehte sich nicht mehr um.

Wie man sich irren kann.

Ute Veith

Klar zur Wende?

»Mist, dass heute der letzte Tag ist! Ich find' das sooo geil an Bord.« »Sag ich doch! Und du wolltest erst nicht mit.«

Lina und Fabi segeln mit einer Gruppe von Jugendlichen seit einer Woche auf einem Zweimast-Gaffelschoner in der Dänischen Südsee. Voller Stolz stehen sie am Ruder des 36 m langen Traditionsseglers und halten Kurs auf ihren Zielhafen Svendborg.

»All-Hands-Manöver, sailors!« ruft der Schiffsführer, übernimmt das Ruder und ordnet eine Wende an. Lachend beziehen die Jugendlichen ihre vertrauten Stationen. »Klar zur Wende?« »Klar.« »Re!« Das Schiff dreht mit dem Bug sauber durch den Wind. »Gelungenes Manöver«, lobt der Skipper. »Jetzt noch alle Segel runter und nachher gibt 's ein Einlaufbier«.

Lina und Fabi fieren das Schonersegel. Der Gaffelbaum stoppt auf halber Höhe. »Halt!« ruft Lina mit Blick in den Mast »Die Klau klemmt!« Ohne zu überlegen taucht Fabi unter dem Baum durch. »Weg da!«, brüllt der Skipper entsetzt, als der wuchtige Baum ungebremst niederrauscht.

Verstört und schweißnass erwacht der Skipper in seiner Koje, fährt hoch – und atmet erleichtert auf.

Er kann sich auch am letzten Tag der Reise in Ruhe der Bordroutine widmen.

Heiner Lahn

Die neue Frisur

»Ihre Blutwerte sind in Ordnung.« Die Ärztin legt eine Manschette um den Oberarm des Mannes und misst den Blutdruck. Dann hackt sie die Werte in den Computer.

Während sie die letzten Eintragungen durchsieht, sagt der Patient: »Frau Doktor, die neue Frisur steht Ihnen aber gut.« »Danke,« sagt sie knapp und streicht dabei mit einer Hand durch ihre streichholzkurzen Haare.

Patienten im Fünf-Minuten-Takt – aber sie lässt sich nichts anmerken. Nicht, wie zuwider ihr die neue Frisur ist, wie sehr sie ihre blonde lange Mähne vermisst, wie schlecht ihre eigenen Blutwerte sind. Nicht, wie bald eine weitere, zermürbende Chemotherapie droht. Und schon gar nicht, wie viel Kraft es sie kostet, Normalität und Gelassenheit vorzugaukeln.

Annette Villwock

Der Bademeister

Weißes Oberteil, weiße Hose, fast wie früher. Die Ältesten sind immer die ersten, die auf der Matte stehen. Die Männer mit schlohweißem Haar, hager, einzeln ziehen sie ihre Bahnen. Die Lebenszeit zu kostbar, um das Tempo jemand anderem anzupassen.

Die Frauen sind beleibter, geselliger, die Köpfe stecken in Badekappen mit Noppen und Blüten.

Die alten Herrschaften gehen sorgfältig mit ihren Kräften um. Ich bin entspannt.

Die späteren Frühschwimmer sind ebenfalls größtenteils pensioniert und eine risikoarme Klientel. Die in Kette schwimmenden Grüppchen kommen sich selten ins Gehege, und die vereinzelt auftretenden jüngeren Individuen lenkt das geballte Alter zurück in die Bahn.

Alarmstufe Gelb am Nachmittag. Die Halbstarken erobern die Fluten. Der Rettungswagen steht stand-by. Immer wieder treibt die Ehre männliche Jugendliche, die gar nicht schwimmen können auf den Sprungturm und hinunter ins Becken. Nach dem Motto: einer wird mich schon retten. Zum Beispiel ich. Damit komme ich meinem erlernten Beruf dann ziemlich nahe.

Pardon, ich habe vergessen, mich vorstellen: Gestatten, Prof. Abdul Bari aus Homs, Syrien, ehemals Chefarzt der Kardiologie.

Zu guter Letzt . . .

. . . so fing alles an: Anno 2006 – mit der Mustergeschichte für den Start der Schreibwerkstatt am Falkenberg mit den drei Kriterien, die Kürzestgeschichten ausmachen:

Ort oder Atmosphäre der Geschichte,
angedeutete Handlung, und dann -
Staunen, Erkennen oder Nachdenklichkeit beim Leser…

Via Dolorosa

Zwei Stunden nach unserer Landung auf dem Flughafen Ben Gurion stehen wir im Lärm und Gedränge der engen Altstadt, in der heißen Sonne des Vorderen Orients.

In Jerusalem. Auf der Via Dolorosa.

Als ein Prozessionszug an uns vorbeizieht, jeder der Pilger mit einem schweren Holzkreuz auf der Schulter, fühle ich mich fast in biblische Zeiten versetzt. Jeder der bärtigen Männer könnte Petrus oder Jakobus heißen.

Eine gebeugte Gestalt streicht an mir vorbei, stößt mit dünnen Fingern meine Hand zur Seite, in der ich meinen Reiseführer »Israel heute« halte, eine brüchige Männerstimme zischt in völlig akzentfreiem Deutsch: »Deutschland – verflucht!« und verschwindet blitzschnell im Menschengewühl.

Ich komme auf den Boden der Tatsachen zurück.

Israel. Kein Land zum Träumen.

Ingrid Ansorge

Inhalt

Ingrid Ansorge
Zum vorliegenden Buch 6

Ingrid Ansorge
Neuauflage 10

Harry Logan
Bitte schreiben Sie! 11

Annette Villwock
Der beste Freund 12

Ute Veith
Energie und Leidenschaft 14

Ulla Uckert
Der Sog des Geldes 15

Annette Villwock
Schweinereien 17

Inhalt

Heiner Lahn
Warten 18

Evelyn Krauss
Altes Wissen 19

Heiner Lahn
Atelierbesuch 20

Ulla Uckert
Eine eindrucksvolle Begegnung 22

Ute Veith
Bis zur nächsten Boje 24

Annette Villwock
Fake News 25

Ulla Uckert
Kurz entschlossen 26

Inhalt

Ute Veith
Havanna, Mojito, Zigarren 28

Evelyn Krauss
Historischer Irrtum 29

Ulla Uckert
Wer schön sein will 31

Harry Logan
Nicht schreien 33

Ulla Uckert
Gefährliches Schmierentheater 35

Annette Villwock
Fressen 36

Evelyn Krauss
Ein Sommerfest 37

Inhalt

Heiner Lahn
Hindukusch 38

Ute Veith
Nachtdienst 39

Evelyn Krauss
Zu spät 40

Ute Veith
Ruf an! 41

Heiner Lahn
In der Hitze des Tages 43

Annette Villwock
Hoffnung 45

Ulla Uckert
Familienfeier 46

Inhalt

Ute Veith
Notaufnahme 2017 48

Ulla Uckert
Angebot und Nachfrage 49

Ute Veith
Eine erstaunliche Reaktion 51

Ulla Uckert
Wahlkampf 52

Heiner Lahn
Mann irrt sich 53

Ute Veith
Klar zur Wende? 55

Heiner Lahn
Die neue Frisur 57

Inhalt

Annette Villwock
Der Bademeister 58

Ingrid Ansorge
Zu guter Letzt 60